우리에게

힘이 되는

그러한 것들

너라는 위안

너라는

위안

서민재

차
례

첫인사

1부

2부

3부

4부

첫
인
사

/

안개

뿌연 안개를 헤쳐 출근합니다. 이곳에선 종종 안개가 드리우거든요. 오늘도 안개가 그득합니다. 전조등을 켭니다. 안개등도 켭니다. 운전대를 잡은 양손에 힘이 들어갑니다.

도로의 모든 차들이 천천히 움직입니다. 그럴 수밖에 없습니다. 한 치 앞도 보이지 않습니다. 바로 앞차 꽁무니도 보이지 않습니다. 그런데 어느새 도착입니다. 안개가 조금 걷혔습니다. 공기가 데워지면 나머지 안개도 사라지겠지요.

당신 앞길에 안개가 가득한지도 모르겠습니다. 나아갈 길이 보이지 않아 속상할지도 모르겠습니다. 그래서 잔뜩 긴장하고 있다면 제 말을 좀 들어보세요.

살다 보면 갑자기 안개가 끼고는 합니다. 하지만 안개는 걷힙니다. 반드시 그렇습니다. 해결하지 못할 문제는 없고, 걷히지 않는 안개는 없습니다. 그러니 다시 일어나 보세요. 안개등을 켜듯 두 눈을 부릅떠 보세요. 그리고 앞으로 나아가세요. 분명 조금씩 나아질 겁니다.

정말입니다. 안개의 도시에 사는 사람 이야기니 믿어도 좋습니다.

1
부

/

바다

언제부터였을까.
바다를 그리워하기 시작한 게.

아마도 그때였겠지.
네가 바다에 가자고 했던 날.
내가 안된다고 했던 날.

미루고 미루다 바다로 향했다.
더 이상 미루면 안 될 것 같아 집을 나섰다.

차를 달려 도착한 바다는 여전했다.
여전히 파랗고 넓고 웅장했다.

어느샌가 운동화에 들어와
까끌거리는 모래알이
반가웠다.

바다는 그곳에 있었다.
여전히 쉬지 않고 일렁이고 있었다.

약속은 하지 않았다.
그러나 바다는
그곳에 있었다.

/
신호

겨울이 오려나 봅니다.

당신 손이 이토록
차가운 걸 보면 말입니다.

/
햇살이 묻었다

긴 시간 글을 쓰지 못했다. 그리 바쁘지도 않았다. 그저 내 안의 문제였다. 어쩌면 나를 믿지 못해서였다.

그렇다고 편히 쉬지도 못했다. 해야 하는데, 해야 했는데, 정말 해야 되는데, 따위의 말과 한숨을 내뱉으며 불안만 키 워갔다. 마음의 부채만 쌓여갔다.

그렇게 어제도 멍하니 있다 잠이 들었다. 숙제를 마치지 못한 아이처럼 불안을 간직한 채.

알람 소리에 눈을 뜨니 아침이었다. 부스스 일어나 출근 준비를 했다. 하나의 마리오네트 같았다. 바지와 셔츠를 인 형에 걸쳤다.

대충 준비를 마치고 집을 나서려는데 바지 끝에 하얀 무엇이 있었다. 떨어내려 허공에 다리를 찼다. 금세 사라졌다. 다시 집을 나서려는데 이번에도 바지에 뭔가 묻어 있었다. 가까이 보니 햇살이었다. 창틈을 비집고 나온 아침 햇살이었다. 손톱만 한 햇살이 허락도 없이 바지에 묻어 있었다.

미소를 지으며 어제의 작은 응원을 떠올렸다. 그리고 다짐했다. 오늘은 글을 꼭 쓰자고.

/

보통으로 사는 일

　보통의 삶을 바랐던 시절이 있었다. 그저 평범하게 살고 싶었다. 사실은 편하게만 살고 싶었는지 모른다.

　그렇게 무난한 집에서 살며, 무난한 일을 하고, 무난한 사람을 만나며 느낀 것은 보통으로 사는 일이 생각처럼 쉽지 않다는 것이었다.

　'보통의 삶'이라는 것은 현실에 안주하는 삶보다는 노력하는 삶에 가까웠다. 제자리걸음보다는 수면에 떠 있기 위한 쉼 없는 물장구에 가까웠다. 보통의 수준을 계속 유지해야 했기 때문이다.

　보통의 재산과 보통의 가족과 보통의 일상. 그것들을 모두 보통으로 유지하기 위해서는 보통 이상의 노력이 필요했다.

보통은 쉽지 않다. 고요와 평온은 그것을 적극적으로 찾는 이에게 찾아온다. 애써야 비로소 정신이 맑아지는 것처럼.

불빛들

저 멀리 불빛들이 보였다. 네모 반듯한 아파트와 그 속에 알알이 박힌 불빛들.

우뚝 선 도심의 아파트는 누군가의 삶이었다. 그 불빛 하나는 누군가의 전부이자 누군가의 쉼터였다. 누군가의 전재산이었다. 저토록 작은 불빛이 우리가 원하는 삶이라니 탄식조차 나오지 않았다.

정호승 시인은 서재 한쪽에 우주에서 본 작은 지구 사진을 붙여 놓는다고 했다. 그 사진을 보며 인간은 정말 아무것도 아니라는 사실과 그들이 싸우는 것은 우주에서 보면 보이지도 않는 것들이라는 사실을 떠올린다고 했다. 우주의 모래알 같은 지구, 그리고 그 모래알 속 보이지도 않을 불빛들.

아등바등 사는 삶에 대해 생각한다. 멀리서 보면 이토록 작고 사소할 수도 있는 것. 하지만 그 안에서는 그것이 세상 전부인 것처럼 살아가는 사람들.

우리들. 결국 우리들이다. 나는 당신과 다른 사람인 것처럼 말하지만 결국 우리들이다. 누구보다 객관적인 양, 무슨 신이라도 된 것인 양, 모든 것을 초월한 것인 양 말하지만 곧 나도 그 불빛 속으로 들어가려는 참이었다.

그 안으로 들어가 그 누구보다 눈앞의 이익에 물불 안 가리고 아무것도 아닌 일에 내 모든 것을 던질 참이었다.

커피

어른이 되면 많이 먹어야지 했었다.
엄마의 커피잔을 머리 끝까지 들어 올려
마지막 남은 한 방울을 입에 떨어뜨리며 소망했었다.
이담에 커서 어른이 되면 실컷 커피를 마셔야지, 라고.
그러나 막상 어른이 되고
잠을 쫓기 위해 마시는 커피와
타인과의 어색함을 쫓기 위한 커피를 지나
그렇게 다시 커피를 끊을 때가 되어서야
어렸을 적 소망이 생각나는 건
잃고 나서야 비로소 소중함을 느끼는
나의 어리석음이다.

지킬 것이 많아졌다는 현실인 동시에
어른이 되었지만 내 맘대로 할 수 있는 건
생각보다 적다는 깨달음이다.

\-

밥을 먹는데도
밥이 그립다.

집에 있는데도
집이 그립다.

엄마가 그립다.

/

새벽

 당신을 터미널에 데려다주는 길. 새벽 도로에는 생각보다 차가 많습니다. 평소 같으면 다가오는 새벽을 애써 부정하고 있을 때에, 나는 푸르고 서늘한 그 길 위에 있습니다.

 쓸데없는 궁금증이 돋습니다. 이들은 무얼 하러 가는 길일까요? 이들의 목적지는 어디일까요? 무엇이 이들을 이토록 일찍 일어나게 했을까요?

 어제도 그제도 길 위에 있었을지 모릅니다. 내가 가만히 자는 동안 이들은 무엇을 해내고 있었을지 모릅니다.

 그들에게 빚을 졌다는 생각이 듭니다. 비상등을 괜히 한번 깜빡입니다.

/
적응

희뿌옇게 밝아 버린 아침
이마를 스치는 냉기가 우습다.

밤사이 새로 쌓인 눈과
지난 눈의 흔적 사이에서
아무런 감흥이 없다.

북극의 한파를 지나
십 수번의 눈을 맞아
계절의 한가운데 있지만
아무도 춥지 않다.

입김조차 실종된 아침
두꺼운 옷깃을 모았다.

사는 건 어쩌면
적응의 문제인지도 모르겠다고
마스크 속으로 조용히 속삭였다.

/

고양이

내가 사는 집에는 고양이가 있다. 동그라미처럼 동글동글
하게 살았으면 하는 바람을 담아 '라미'라는 이름을 붙여주
었다.

밖에 나갔다 들어오면 가장 먼저 라미가 나를 반긴다. 신
발장에 서 있는 나를 향해 애옹애옹 인사를 한다. 반가움의
표현이라기보다는 왜 이제 오냐는 원망 섞인 울음인 거 같
아 매번 미안하다.

고양이와 함께 살면서 집에 들어오는 시간이 빨라졌다. 밖
에서 처리해야 할 일은 최대한 신속하게 해치운다. 불필요
한 약속은 자제한다. 혼자 우두커니 있을 라미를 생각하면
걸음이 빨라진다.

물론 라미가 하루 종일 신발장만 바라보고 있진 않을 거다. 창밖을 바라보기도 하고 밥도 먹고 낮잠도 잘 것이다. 그렇더라도 텅 빈 공간에서 온종일 혼자 있는 건 고양이에게도 힘든 일이지 않을까?

　확실히 집을 오래 비운 날에는 라미의 울음이 더 크고 길다. 어쩔 수 없이 아침부터 저녁까지 집을 비우고 밤늦게 들어가는 날에는 초조해진다. 라미가 나를 신발장에 세워두고 얼마나 혼을 낼지 걱정된다. 미안함, 불안 같은 것들이 복잡하게 얽힌다. 그래서 나와 아내 둘 중 하나라도 집에 있기 위해 노력한다. 집을 완전히 비우지 않기 위해 애쓴다. 라미가 너무 긴 시간 혼자 있는 건 싫으니까.

오늘도 집에 일찍 가려고 서둘러 지인과의 식사를 마쳤다. 카페에 가자는 말에, 미안하지만 고양이가 걱정되어 어서 집에 가봐야겠다고 말했다.

집 문 앞에서 아내와 마주쳤다. 마침 아내도 라미가 걱정되어 서둘러 퇴근하는 길이었다.

/

등짐

버려야 더 나아갈 수 있다.
비워야 또 새로움이 찾아온다.

생각도, 인연도, 묵은 감정도.

/
손길

　머리를 손질하러 미용실에 갔다. 오랜만이었다. 다른 이가 머리를 만져 주고 빗겨 주고 씻겨 주는 일이 조금은 어색하게 다가올 정도로.

　일 년 가까이 기른 머리였다. 덕분에 머리를 말리는 것도 쉬운 일은 아니었다. 두 사람이 붙어 두 대의 드라이어로 머리를 말려주었다. 비교적 짧은 머리만 고수했던 내게는 특별한 경험이었다.

　두 사람이 내게 붙어 있다는 사실이 어쩐지 쑥스러웠지만 기분은 좋았다. 그들의 손길이 따뜻한 바람을 타고 내게 닿았다. 그것은 그들의 마음이었고, 관심이었고, 정성이었다. 드라이어가 뿜는 온풍 그 이상의 간질간질한 무엇이었다.

손길이 이처럼 따뜻한 것이었나, 하는 생각을 했고 내 손길을 나누고 싶은 당신을 떠올렸다.

/

터미널

분주하게 오가는 사람들, 그 사람들 사이를 뛰는 사람들, 이런저런 사연과 인연, 큰 가방과 보따리, 대형 버스와 경유 냄새까지, 터미널은 모두 그러하다.

수많은 삶과 일상이 교차하는 그곳에서 누구는 연인과 포옹하고 누구는 양손에 반찬통이 가득하다. 또 누구 눈에는 눈물이 그득하다.

떠나는 사람들, 배웅하는 사람들, 그들의 허기, 분주함과 소음이 북적이는 곳.

만남, 헤어짐, 어디까지 가세요, 포옹, 뒷모습, 낡은 의자, 승차권 뜯는 소리, 도착하면 연락해라, 짐, 발걸음, 그리고 손을 흔드는 창밖의 당신 모습이 모여 터미널이 된다.

만남은 헤어짐을 전제로 하지만, 헤어짐은 만남을 강제할 수 없기에 터미널은 시린 마음을 남긴다. 매일을 그렇게 산다. 그렇게 터미널은 먹먹함을 먹고 산다.

/
사우나

　언제부턴가 사우나 가는 걸 즐기게 되었다. 뜨거운 김이
가득한 그곳에서 피로를 푸는 이들을 보면 이해가 잘 되지
않았었는데 어느새 나도 그런 사람이 되어 있었다.

　사람들은 왜 사우나에 가는 것일까. 이것에 대해 생각해본
적이 있다. 습기와 열기가 가득한 그곳에서 나는 주위를 둘
러보았다.

　발가벗은 사람들. 그들은 하나같이 평온한 모습이었다. 바
쁘게 뛰어 다니지도, 급하게 전화를 받지도, 경적을 울리지
도 않았다. 모두 편한 얼굴을 하고 온도에 몸을 맡겼다.

　실오라기 하나 걸치지 않은 그들은 어쩌면 태초의 모습이
었다. 어떤 지위와 직함을 가졌는지, 어떤 옷과 시계를 가졌

는지, 어떤 차를 타는지 누구도 알 수 없다. 계급도 이름도 명함도 없는 곳. 그곳이 사우나였다.

그제야 알게 되었다. 태어난 모습 그대로인 곳. 모두가 동등해지는 곳. 그래서 각자가 각자일 수 있는 곳. 어느 누구의 눈치를 보지 않아도 되는 곳. 외부와 단절되어 한 인간으로서 오롯이 존재할 수 있는 곳. 그리하여 그곳은 가장 순수한 휴식의 공간이었다.

그 사우나에 다시 가고 싶다. 그 습한 기운과 벌거벗은 사람들을 마주하고 싶다. 그 어떤 권력조차 허락되지 않는 그 온도에 나를 맡기고 싶다.

/

대게

저녁에 대게를 먹자는 내 말에 엄마는 뜻밖의 대답을 내놓았다. 아직 한 번도 대게를 먹어 본 적 없다는 것이었다.

바닷가에 왔으니 조금 특별한 것을 먹어 보자는, 뭐 그런 말이었다. 그러나 이제까지 엄마가 대게를 맛보지 못했으리라는 생각은 하지 못했더랬다. 물론 조금 특별한 음식이긴 하다. 비싸고 자주 접하기 힘든 것이기도 하다. 하지만 대개 그 나이쯤 되면 대게 한 번쯤은 먹지 않나, 뭐 이런 얕고도 얕은 생각이었다.

진작 알았더라면 나는 어떻게 생각하고 행동했었을까. 왜 난 이제야 이런 자리를 만든 걸까. 그동안 내가 먹어 왔던 것들과 추억으로 남기기 바빴던 일들을 생각했다.

그렇게 처음으로 대게의 다릿살을 맛보는 엄마와 아빠를 바라보았다. 맛있다, 게맛살이랑 비슷한데 맛있다, 하시는 두 분을 가만히 바라보았다. 그들은 내게 왜 먹지 않느냐 물었다. 나는 괜찮다며 함께 나온 미역국과 소주로 속을 채웠다.

멀리 바다가 일렁이고 있었다. 네가 더 열심히 살아야 하는 이유가 또 하나 생겼다고 내게 말하는 것 같았다. 자주는 아니어도 대게 할 수 있는 삶을, 지금의 이 삶을 지키자고 다짐했다.

/

떡볶이

거기 학생, 왜 그러고 있어….
날도 추운데 왜 그러고 주저앉아 있어….

응? 뭐라고?
너무 힘들다고?
사는 게 모든 게 생각 같지 않지 않다고?

그렇지.
너도 힘들지.
아마 그럴 거야.

어떤 어른들은
어린 네가 뭐 얼마나 힘들겠냐고
공부만 하면 되지 않냐고 쉽게 말하지만

불안하고 답답하고
미래는 보이지 않고
그럴수록 더 불안하고
네 하루가 그럴지도 모르겠어.

그들은 기억하지 못하는 거야.
그들이 너만 했을 때의 이야기를.

괜찮아.

사람이 살다 보면 그럴 때가 있어.

어떤 의지와 동력을 잃는 때가 있어.

힘든 게 잘못은 아니야.

어쩌면 당연한 거지.

저기 혹시, 괜찮다면 말이야….

아저씨 얘기 한번 들어 보지 않을래?

그럴 때 꽤 좋은 방법이 있거든.

음 먼저, 잘 먹고 잘 자는 게 중요해.

편의점 음식 대신 밥을 양껏 먹어봐.
잠도 푹 자고 일단 좀 그래 봐.
그럼 기분이 좀 나아질 거야.

정말이야!

따뜻한 밥 먹고 잘 자고 일어나면
더 가뜬한 너 자신을 만날 수 있을 거야.

다음은, 너 자신과의 약속을 잘 지키기.

네가 무언가 하려고 한 거 있잖아? 그거를 하는 거야.
아 오해는 하지 마. 그냥 공부나 하라는 게 아니야.

자신과의 약속은 공부일 수도 있고, 운동일 수도 있고,
악기나 그림, 베이킹 연습일 수도 있어.

아저씨는 너의 그 약속을 몰라.
네가 너 자신과 어떤 약속을 했는지 몰라.
그 약속은 네 안에 이미 있을 거거든.

그거를 조금씩 해보는 거야.

아주 조금씩.

처음부터 무리하진 마. 분명 지칠 거야.

그러니 조금씩.

시작은 그렇게 하고 의욕이 생기면 더 해도 좋아.

나와의 약속 같은 거 없다고?

그럼 뭘 하고 싶은지, 뭘 약속하고 싶은지, 물어봐.

누구한테?

주저앉아 있는 너한테.

마지막, 누구나 그렇다는 것을 아는 것.

사실 다 불안하고 다 미래를 걱정해.
네 친구들은 물론이고 어른들의 삶도 생각 같진 않단다.
그래도 다들, 조금씩만 슬퍼하고 또 살아가는 거야.
용기를 갖고 희망을 갖고 다시 일어서는 거야.

사실 아저씨도 어제까지 주저앉아 있었단다.
아저씨도 언제 또 주저앉을지 모르지.

하지만 괜찮아. 또 일어설 거거든!

그리고 이상하게 들릴지 모르겠지만
다들 그렇게 살아간다는 게 조금의 위안이 돼.

일종의 동질감이라고 해야 할까?

내 삶이 잘못된 게 아니구나.
다들 이렇게 살아가는구나.

다들 그러니까
나 혼자 지나치게
낙심할 필요는 없겠구나, 뭐 이런.

잘 먹고 잘 자기.
자신과의 약속 지키기.
누구나 그렇다는 걸 알기.

이 정도만 기억해줄래?

그럼 잠시 주춤하더라도
결국 나아가게 되어 있어.

아저씨는 정말 그렇게 믿고
살아가고 있단다.

아저씨 얘기가 도움이 되었나 모르겠다.

또 불안하거나 주저앉고 싶거나
그도 아닌데 그냥 힘이 빠지면
그러면 다시 여기를 찾아와.

힘이 나는 떡볶이 사줄게.
언제든지 말이야.

아저씨는 여기서 기다릴게.
그럼 안녕.

/

주말

화요일 자서 금요일에 일어나고 싶다던 너는
아마도 오늘이 그리웠던 거겠지.

만약 갑자기 짜증이 올라온다면
당신은 피곤한 것이다.

까닭 없이 남을 시기하고 있다면

당신은 피곤한 것이다.

하늘 아래 세상이 밉기만 하다면

당신은 피곤한 것이다.

그렇다면 그것은,

오늘도 당신이

열심히 살았다는 뜻이다.

/
정월

얼마 전 내린 눈이 녹지를 않는다. 그것은 꽁꽁 얼어 작은 동산이 되었다. 바큇자국도 결정이 되었다. 나의 발자국과 누군가의 발자국이 엉켜 누구의 것인지 알 수 없게 되었다.

어떤 언덕은 차가 오르지 못한다. 얼었다 녹았다를 반복하는 사이 산비탈은 죽은 땅이 되었다. 철 지난 낙엽은 화석이 되었다. 바람이 그 위를 미끄러진다. 적막은 하얗게 굳었다. 길고양이도 넘어질까 살금살금 걷는다.

밑창이 두꺼운 신발을 신었다. 장갑을 꼈다. 넘어져도 머리부터 닿지 않도록 넘어져도 다시 일어날 수 있도록 준비를 마쳤다.

분명 넘어질 것이다. 보이지 않는, 보여도 막을 수 없는 것
들이 나를 넘어뜨릴 것이다. 그래서 넘어져도 괜찮다.

넘어지지 않는 나 자신을 상상하지 않을 것이다. 그 대신,
넘어지고 다시 일어날 것이다. 그렇게 올해를 살아낼 것이
다.

2
부

/

꽃

어떤 꽃은 애쓰지 않아도 향기가 난다.
누군가 알아주지 않아도 향기가 난다.

누군가 알아주면 좋겠다고 생각하는 건
그 꽃을 바라보는
인간이다.

그런 건 상관없다는 듯
꽃은 바람에
나풀거린다.

길을 지나다 코끝에 와 닿는 꽃이 있다.
은은하게 피우는 꽃이 있다.

그런 꽃이 있다.

/
멀미

　어제도 그랬다. 피할 수 없었다. 아직 보수되지 않은 깨진 도로를 지나야만 집에 도착할 수 있었다. 덜컹. 머리통을 잡아 흔드는 것과 같은 큰 흔들림이었다. 덜컹. 얼마간의 진동이 계속되었다. 집에 도착했지만 조수석에 앉은 나는 심한 멀미를 느꼈다.

　다음날은 직접 운전대를 잡았다. 그리고 같은 길을 나섰다. 덜컹. 똑같은 흔들림을 겪었지만 멀미는 없었다. 덜컹. 여전히 도로는 깨져있었다.

　운전자는 대개 멀미를 하지 않는다. 그러나 그 운전자도 조수석에서는 멀미를 느끼곤 한다. 참 이상하다. 차 안이라는 동일한 공간, 비슷한 상황에서 운전자 그리고 동승자는 왜 다른 감각을 경험하는 걸까? 둘은 분명 동일한 시각과 평형감각을 경험할 텐데 말이다.

　나는 그것을 상황에 대한 '통제권'이 있느냐 없느냐의 차이라고 결론지었다. 운전대를 잡은 사람은 전방을 응시하고 스스로 판단하여 상황에 맞게 가속 페달과 브레이크를 밟는다. 그렇게 운전자는 가속, 감속, 흔들림 등 닥쳐올 상황을 거의 실시간으로 예상하고 통제한다. 그러나 조수석에 앉은 이는 그러지 못한다. 가만히 있을 수밖에 없다. 스스로 통제하지 못하는 상황에 놓이는 것이다. 두 눈을 아무리 부릅뜨고 있더라도 동승자는 운전자 수준의 통제권을 가지지 못한다.

만약 삶에서 심한 멀미와 환멸을 느끼고 있다면 스스로의 삶에 대해 얼마나 통제권을 가지고 있는지 돌아볼 필요가 있다. 마치 시각과 평형감각의 괴리 때문에 멀미가 생기는 것처럼, 현실과 이상의 괴리가 당신을 어지럽게 하는지도 모른다.

국내 최초로 '단독 무기항 무원조 요트 세계일주'를 성공한 김승진 선장은 원래 다큐멘터리 피디였다. 누가 봐도 괜찮고 안락한 삶을 살아가던 그는 어느 날 자신이 행복하지 않다는 것을 깨달았다. 그는 불혹이 되어서야 자신이 모험가라는 사실을 알게 되었다. 30대까지 알지 못하던 자신의 모습, 40대가 되어서야 찾은 자신의 모습을 지나 그는 50대에 출항한다. 14년의 준비 끝에 키를 잡는다. 그리고 태풍과 파도, 별빛과 외로움을 건너 209일 만에 지구를 한 바퀴 도는 데 성공한다.

그라고 두렵지 않았을까. 도전이라는 불확실성 앞에서 망설이는 사람들에게 그는 용기라는 건 '키보드의 실행키'라고 말한다. 실행키를 눌러 자신이 하고 싶은 것 혹은 원하는 것들을 실행할 때 비로소 그것들을 이룰 수 있다는 것이다.

집을 팔아 항해를 나선 김승진 선장과 같이, 나도 내 삶의 주체성을 회복하고 싶다. 세차게 흔들리고 부딪치더라도 그렇게 하고 싶다. 힘들지언정 멀미는 하지 않을 것이기에.

/
안부

잘 지내고 있느냐고.
그럼 되었다고.

/
자화상

옆 동네에 강아지 하나가 있는데 겁이 꽤 많은 떠돌이다. 얼마나 겁이 많고 잘 놀라는지 지나가던 이가 바라만 봐도 움찔한다. 친해지고 싶어 다가가면 스스로 거리를 둔다.

왜 용기를 내지 못하는 걸까. 어떤 상처를 갖고 있는 걸까. 언제 어디에서 왔는지, 언제 어디로 갈지도 모르는 녀석이 자꾸 눈에 밟힌다.

/
봄이 길다

　오랜만에 연락이 닿은 전 직장 동료를 만났다. 일을 쉰 지 몇 달이 흐른 뒤였고, 봄의 한가운데였다.

　전에 없이 새로웠던 건 한창 업무 중이어야 할 시간에 만났다는 것이었다. 평일 낮에, 그것도 한적한 카페에서. 그 역시 일을 쉬고 있었기에 가능한 일이었다. 낮의 햇살은 특별할 것 없었지만 아름다웠다.

　서로의 일상에 대해 한참 이야기를 나누었다. 서로의 얼굴이 몰라보게 좋아졌음을 칭찬했다. 누가 먼저랄 것도 없이 여유를 이야기했고, 우린 똑같이 봄이 길다고 말했다. 끝날 듯 이 봄이 끝나질 않는다고 말했다. 이제 여름이 와야 하는 거 아니냐고 웃음 지었다.

개나리는 삼 일정도 피었고, 벚꽃은 하루만 피었다. 그랬었다. 그렇게 느꼈었다. 그것을 볼 여유가 없었던 건지도 모르겠다. 그러나 일을 내려놓은 우리의 봄은 길었다. 몇 주가 지나도 꽃은 지지 않았다.

이 봄과 이 계절을 만끽할 수 있는 시간들, 온전히 지금에 집중할 수 있는 나날들, 그리고 여기에 머무르고 있음에 감사했다.

그러고도 한참 봄이었다. 생애 가장 긴 봄이었다.

/

이타심

독서실 칸막이에 붙어 있는 쪽지를 보았습니다.

"나는 엄마의 꿈이자 아빠의 자랑이다."

이타심은 힘이 셉니다. 나의 몸과 나의 삶, 내가 살고 있는 시간이 오직 나만의 것이 아님을 생각해 본다면 나와 당신이 해야 할 일과 하지 말아야 할 일이 더 명확하게 보일지도 모르겠습니다.

만우절

띵동.

이메일 하나.

당신이 좋다 합니다.

띵동.

이메일 두울.

거짓말이었다 합니다.

/
미물

　열어 놓은 거실 창으로 벌이 들어왔다. 엄지손가락만 한 큰 벌이었다.

　벌은 거실을 한 바퀴 비행하더니 창에 붙었다. 그리고 자신이 날아왔던 곳을 바라보았다. 다시 밖으로 나가고 싶어 하는 것 같았다.

　벌이 창을 두드렸다. 안에서 바깥 방향으로, 제 몸을 창에 부딪혀 콩콩 소리를 냈다. 바깥으로 나가려 안간힘을 쓰고 있었다.

　투명한 창 너머 세상으로 제 몸을 던지는 벌 한 마리. 잡힐 듯 잡히지 않는 세상 때문에 애를 태우는 작은 미물. 그 미물은 계속 콩콩 거렸다.

벌은 포기하지 않고 계속 시도했고 다행히 창이 열린 방향으로 조금씩 다가가고 있었다. 자신도 모르게 바람 냄새가 나는 쪽으로 조금씩 조금씩 자리를 옮기고 있었다.

마침내 벌은 열어 놓은 창문 근처에 도달했다. 그런데 바깥과 통하는 문 앞에서 내려앉았다. 포기하는 건가 싶었다. 고지가 코앞인데 목표 지점이 바로 앞에 있는데. 잠시 후 벌은 부웅 소리와 함께 날아갔다. 잠시 숨을 고르던 녀석은 세상을 향해 자유를 찾아 날아갔다.

그 미물은 계속 질문했을 것이다. 언제쯤 내가 원하는 곳에 이를 수 있을까? 끝이 있긴 한 걸까? 과연 살아나갈 수 있을까?

그 미물은 알지 못했을 것이다. 스스로 목표에 다가가고 있었음을. 조금씩 나아가고 있었음을. 잠시 숨을 고르고 결국 세상 밖으로 향하기까지 알지 못했을 것이다.

그저 멀리서 바라보는 누군가만이 알고 있었을 것이다. 더 나은 방향으로 가고 있었음을. 작지만 꾸준히, 그가 원하는 방향으로 가고 있었음을.

축의금

삼만 원이라 미안한 마음에
네 얼굴만 보고 나오는 길.

갑자기 허기를 느껴
급하게 베어 물은
오래된 그리움.

송별연

마지막 날이었다. 그를 만날 수 있는. 상사와 직원 사이로
우리가 대면하는 마지막 날이었다.

내가 가는 게 아니라 그가 가는 거였다. 그 상사는 이제 다
른 곳으로 가게 되었다. 다행인 건 그가 바라던 인사이동이
었다.

제대로 인사를 드려야지 드려야지 하면서 결국 인사를 못
드렸다. 커피 한잔이라도, 뻔한 축복의 멘트라도 드렸어야
했는데 말이다. 일이 바빠 그랬는지, 마음의 여유가 없어 그
랬는지, 애정이나 충성심이 식은 건지, 아님 다 싫었던 건
지….

냉소적으로 중얼거리던 나의 퇴근길에, 그리고 그 상사의 마지막 날 퇴근길에, 우리가 주차장에서 마주친 건 내 불편한 마음 덕분이었을까. 더는 미룰 수 없을 것 같아 마지막 인사를 드렸다. 다시 만나 뵐 수 없어 아쉽다고. 새로운 곳에서 좋은 일이 가득하시길 바란다고. 축하드린다고. 그동안 감사했다고.

그가 손을 내밀었다. 나도 손을 내밀어 그의 손을 잡았다. 가볍게 악수를 하며 그가 말했다. 언젠가 또 만나겠지. 내가 대답했다. 네 그러겠죠. 그렇게 우리는 쿨하게 헤어졌다.

회식 한번 못했다. 회식을 극도로 꺼리는 나지만 제대로 된 송별연 없이 그를 보내기 아쉬웠다. 하지만 아쉬움은 아쉬움으로 남기기로 했다. 이게 팬데믹 시대에 맞는 이별법일지도 모르겠다고 생각했다.

어렸을 적 문방구 아저씨,

그때 그 분식집 이모님,

장 대리님, 김 선생님,

그리고 내 눈물을 닦아주던

진심 어린 눈빛들.

자기 위치에서 최선을 다하는 사람들.

내가 닮고 싶은 사람들.

모두 자기 위치에서 최선을 다한다면
세상은 더 살기 좋아질 텐데.

나도 그런 사람이 되어야 할 텐데.

/

산책

지난밤, 풀리지 않는 문제로 잠을 설쳤다. 떠나지 않는 그 생각에 잠을 이룰 수 없었다. 누웠다 일어났다를 반복했다. 밤공기를 들이켜도 와인을 들이켜도 소용없었다.

곧 출간될 책에 대한 고민 때문이었을까? 늦은 오후에 마신 커피 탓이었을까? 너무하다 싶을 정도로 잠이 오지 않았다. 걱정하고 또 걱정하다 오전 5시가 다 되어 잠이 들었다.

6시에 한 번, 7시에 한 번 눈이 뜨였다. 정오가 되기 전에 겨우 일어났다. 할 일이 가득하여 더 누워있을 수 없었다. 어떠한 강박이 나를 일으켰다.

창밖을 보았다. 햇살이 좋았다. 밖은 평온했다. 주말 내내 초조한 나와 대비되는 모습이었다. 온갖 걱정을 다 둘러멘 나를 비웃듯 새들의 지저귐이 경쾌했다.

　모자를 눌러쓰고 집을 나섰다. 걷기 시작했다. 날은 적당히 더웠다. 주말은 잔잔했다. 그 잔잔함에 몸을 맡기니 밤부터 이어지던 긴장이 조금 풀어졌다.

　산책을 하며 풀리지 않던 문제의 작은 실마리를 찾았다. 책상에서는 해결되지 않던 문제였다. 걸으면서 보다 객관적인 시선을 가질 수 있었다. 많은 철학자들이 일상에서 산책을 했다는데 그들도 이러한 산책의 가치를 알고 활용한 게 아닐까 싶다. 하나의 문제에 지나치게 골몰해 있을 때, 거기서 헤어나지 못할 때, 거기서 한발 물러날 필요가 있을 때, 분명 산책은 도움이 된다.

산책을 마치고 돌아오니 지인에게 연락이 와 있었다. 그는 내가 고민하고 있는 문제에 대해 작은 해답을 주었다. 이런 저런 조언을 해주었다. 그는 내가 고민하는 만큼 아니 그보다 더 고민하고 있었는지 모른다. 그의 관심과 조언에 힘을 얻었다.

나만 빼고 세상은 멀쩡하다는 사실과 나를 생각해주는 이가 있다는 사실에 기운이 났다. 몇 시간 못 잤지만 썩 괜찮은 주말이었다.

답이 보이지 않는 문제가 있다면 밖으로 향해보자. 일단 가볍게 나가보자. 그리고 소중한 친구에게 연락을 해보자. 몸과 마음이 한결 나아져 있을 것이다.

세상 속으로 한 걸음 한 걸음 천천히 걸어보자. 지금 당장 방문부터 나서보자.

/
눈물

내가 닦아줄 수 없는 그 눈물 앞에서
나는 어찌할 줄을 몰랐다.

/

나는 아직 사랑을 모른다

많이도 시기하고 많이도 질투한 날들이 있었다. 나 빼고 다 잘 나가는 것 같았다. 나보다 잘난 이들만 보였다. 내가 가진 것은 눈에 들어오지 않았고, 내가 가지지 못한 것들만 보였다.

남이 가지면 그만큼 내가 가지지 못한다고 믿었었다. 다 함께 잘 살 수는 없다는 믿음. 네가 일등이면 나는 이등이나 삼등 밖에 못한다는 생각. 앞으로도 계속 이런 것들과 싸워야 한다면 그 길을 택하고 싶지 않았다.

그러다 사랑을 믿게 되었다. 요가의 최종 단계는 사랑이라고 한다. 신은 네 주위를 사랑하라고 말한다. 어느 작가는 이 세상의 근원도 해결책도 결국 사랑이라고 강조한다. 모든 것의 궁극이 사랑이라니, 한번 믿어보기로 했다.

함께 기뻐하는 것. 기꺼이 나누는 것. 어려움을 함께하는 것. 당신을 공감하는 것. 받아들이는 것. 샘내지 않고 축하해주는 것. 진짜 나를 보여주는 것. 진심으로 내보이는 것. 자만하지 않는 것. 함부로 평가하지 않는 것. 기다릴 줄 아는 것. 믿어주는 것. 조금 더 참아주는 것. 걱정해주는 것.

자기 삶을 사랑하는 것. 당신이 당신 삶을 사랑할 수 있도록 도와주는 것. 누군가가 배고프지 않기를 바라는 것. 빗길에 당신을 바래다주는 것. 설레는 것. 이유가 없는 것. 이런 것들….

나는 아직 사랑을 모른다. 요가 매트 위에서도 신 앞에서도 아직 온전한 사랑을 느끼지 못한다. 그것들을 사랑하기에는 아직 충분히 부족한 사람이다. 그렇기에 나는 오늘도 "모든 것을 사랑할 줄 알아야 한다." 라고 일기장에 써넣을 뿐이다.

/

필요할 때만 전화하는 사람

   돈이 부족한 시절이 있었다. 스스로 돈을 벌지 못해 손을 벌리던 시절이었다. 유일한 돈줄은 부모님이었다. 전화 한 통이면 몇 십만 원이 입금되었다. 돈 아껴 써라, 먼저 보내 준 돈을 어디에다 썼냐, 엄마는 묻지 않았다. 아는지 모르는지 엄마는 별다른 말씀이 없었다. 아들이 잘 지내는지만 물으셨다.

   용돈이 적었던 것도 아니지만 항상 돈이 부족했다. 술 사 먹고, 옷 사 입고, 가끔 전공책을 사 보면 돈이 바닥나 있었다. 그래도 돈 부족하단 생각 없이 대학을 다닌 건 부모님 덕분이었다. 학자금 대출도 없이, 용돈 걱정도 없이, 나의 20살을 열었다. 그게 모두 지금의 기반이 되었다.

그날도 엄마에게 전화한 날이었다. 바로 돈 얘기부터 꺼내기 미안해서 엄마의 안부부터 물었다. 엄마 잘 지내? 응 엄만 잘 지내, 넌 밥은 잘 먹고 다니니. 응 그럼. 술 조금만 먹고 다녀라. 응 엄마는 별일 없어? 그럼 별일 없지. 그럼 엄마 돈 좀 부쳐줘. 그래 알았다.

전화를 끊고 짧은 통화를 복기해보았다. 비슷한 패턴의 통화를 몇 번이고 반복했었지만 그날에서야 깨달았다. 나는 돈이 필요할 때만 엄마에게 전화하고 있었다. 엄마도 이를 모를 리 없었다. 그래도 엄마는 항상 아들의 전화를 반겼다. 다음날 통장에는 삼십만 원이 입금되어 있었다. 내가 달래서 받은 돈이지만 함부로 쓸 수 없었다.

그날 이후로 엄마에게 전화하는 습관이 생겼다. 돈이 필요하든 필요하지 않든 전화를 했다. 별다른 일이 없어도 전화를 했다. 거의 매일 전화를 했다. 지방으로 큰 아들을 대학 보내고 종종 눈물짓던 엄마의 소식을 들었을 즈음이기도 했다. 덜 미안하기 위해 시작한 일이었지만 그 습관은 지금까지 이어지고 있다.

이제는 적게나마 엄마에게 돈을 부쳐드릴 수 있게 되었다. 하지만 엄마는 전화하지 않는다. 그때의 엄마처럼 나도 당신에게 묻지 않고 돈을 부쳐드리고 싶지만, 그런 전화는 걸려오지 않는다. 그리고 아직도 엄마는 일을 한다. 내가 퇴근을 해도 엄마는 잔업 중이다.

부모님은 종종 프로필 사진으로 나를 올려놓는다. 하지만 난 그들을 프로필 사진으로 올린 적 없다. 내가 그들의 자랑스러운 아들일지 궁금하다. 내가 그들 삶의 이유일 거 같아 조심스럽다.

　엄마의 흰머리가 눈에 선하다. 대중목욕탕에서 마주한 아빠의 등허리 주름이 생생하다. 그래도 아직 난 엄마 밥을 얻어만 먹을 뿐 엄마에게 밥을 해주지 않는다. 정작 내가 지켜야 할 것은 무엇이고, 또 나는 무엇을 위해 살아야 하는가. 그저 난 검은 머리만 가득한, 물가에 내놓은 서른여섯 아이일 뿐인데 말이다.

내가 지금 이러고 있는 것도, 내가 얻은 직장과 지위와 재산과 모든 결과물도 그들이 있었기에 가능했음을 종종 잊는다. 그들은 종종 내게 당연한 존재이므로. 언제까지 이 착각을 반복할지, 언제나 철이 들지 나조차 알지 못한다.

그래도 여전히, 내 글이 좋다고 말해줄 그들에게 말하고 싶다. 자주 표현하지 못해 죄송하다고. 너무 감사하고 사랑한다고.

\-

네가 좋아야 나도 좋다.
너의 웃음은 우리의 웃음이다.

/ 기다림

 누군가에게는 무엇이든 얻기 쉬운 시대다. 많은 욕구가 당장 해소된다. 디지털의 이로움은 계속 속도를 부추긴다.

 인간적이라는 말이 변명처럼 들리는 요즘은 무언가를 기다리는 일이 사치에 가깝다. 기다릴 줄 아는 사람이 줄어드는 것은 우리만의 잘못이 아닐지 모른다.

 기다리는 일은 시간과 인내를 필요로 한다. 하나를 얻기 위해 다른 종류의 욕망을 누르는 과정이다. 분명 쉬운 일은 아니다. 쉬운 일이 아니기에 그만큼 가치가 있지 않을까 생각해본다. 어쩌면 기다림은 좋은 것이다. 기다림은 결과가 아닌 과정이다. 과정이기에 끝을 알 수 없는 설렘이다. 알 수 없기에 불안을 동반한 기대감이다.

삶의 많은 부분은 기다림이다. 얻은 것은 금세 질리기 마련이다. 아무리 아름다운 것도 언젠가 적응되기 마련이다. 그때가 되면 기다릴 때가 좋았다는 말을 할지도 모르겠다. 그리고 그제서야 기다리는 즐거움을 깨닫게 될지도….

빨래를 개다가

빨래를 개다가
구멍 난 네 속옷을 보고
혼자 실실 웃다가

삶의 고단함 때문인지
정성스런 가난 때문인지
알 수 없는 해진 자리에
가슴이 일렁이다가

괜히 미안한 마음에
창밖을 한번 내다보다가

다 내 잘못 같고
다 내 무능 같은
그 빈자리만
만지작만지작.

/

행운

모든 것이 순조로운 날이었다. 출근길부터 그랬다.

신호등 빨간불은 내 앞을 가로막지 않았다. 덕분에 지각하지 않았고 하얗게 올라오는 모닝커피의 온기까지 즐길 수 있었다. 나를 괴롭히던 최는 오늘 출근하지 않았다. 점심 메뉴도 마음에 들었다. 업무 처리는 오늘따라 막힘이 없었다. 월요일 회의는 생각만큼 지루하지 않았다.

칼퇴근이었다. 퇴근길 역시 뻥뻥 뚫렸다. 내 낡은 자동차가 가까워지면 모든 신호등이 파란불을 밝혔다. 퇴근 후 달리기는 최고 기록을 찍었다. 순풍에 돛 단 듯, 손대면 되는 날. 이 세상이 나를 위해서만 존재하는 것 같았다.

그러나 곧 불안감이 몰려왔다.

일희일비하는 게 삶이란 걸 알고 있었다. 오늘이 기쁘면 내일은 슬플지도 모를 일이었다.

삶의 고통을 완벽히 통제할 수 있을 것 같았던 날들을 지나, 삶의 고통까지 생의 일부로 받아들이려는 나였다. 그래서 난 종종, 너무 기뻐하지는 않는다. 기쁜 일 앞에서도 애써 침착하려 노력한다. 너무 기뻐하면 나중에 너무 슬퍼질 거 같아 조금 참는다. 속으로 조금 좋아하고 다시 중심을 잡으려 한다. 같은 이유로 너무 슬퍼하지도 않는다.

누군가는 내게 수도승 같다 했다. 하지만 그 말조차 내게 기쁨이나 슬픔을 주지 못했다.

기쁨과 슬픔이 번갈아 나타나는 것. 복이 화가 되기도 화가 복이 되기도 하는 것. 물과 불이 사실은 맞닿아 있을지도 모르는 것. 심지어 삶과 죽음이 교차하기도 하는 것, 그것이 살아가는 일이라고, 아까 내 옆을 지나가던 앰뷸런스의 소란스러움이 내게 일러주었다.

우리에게 필요한 것

누가 이걸 좋아하겠어?
남들이 싫어하면 어쩌지?
괜히 망신만 당하는 건 아닐까?

겁, 불안, 두려움, 망설임, 머뭇거림,
우리를 주저앉게 하는 수많은 감정들.

어쩌면 우리에게 필요한 건
단 하나,

'용기'다.

조금만 더 용기를 내보자.

그들이 어떻게 생각하는지는
하나도 중요하지 않다.

3
부

/
지나치게 밝은 당신 얼굴이 신경 쓰입니다

오늘따라 당신 얼굴이 지나치게 밝습니다. 그럴 만한 이유도 없는데, 날도 우중충한데 말입니다.

평소와는 다른 모습입니다. 아주 조금 다릅니다. 웃고는 있지만 어쩐지 슬픔이 느껴집니다. 크고 작은 외로움이 반짝입니다.

웃고 있는 눈에 곧 눈물이 고일 것 같습니다. 하지만 나는 당신의 슬픔을 아는 척하지 않습니다. 평소처럼 당신을 대합니다. 그러면 당신이 돌아올까 싶습니다.

그래도 마음이 쓰입니다. 그래서 마음으로만 듣습니다. 당신의 말 못 할 얘기를. 그리고 마음으로만 말합니다. 마음껏 힘들어도 괜찮다고.

오늘따라 당신 얼굴이 밝습니다. 어설픈 위로는 멀리 접어
둡니다.

구름

내가 봤던 구름이
네가 있는 곳까지
가닿으면 좋겠다.

같은 하늘 아래
우리가 있단 걸
서로가 알 수 있도록.

—

어렸을 때는
내가 엄마 나이쯤 되었을 무렵의 모습을
상상조차 못했더랬다.

그런데 그 상상할 수 없었던 시간을 지나

엄마 나이쯤이 되어
다시 바라본 사진 속 엄마는

서른여섯의
나와 같은 나이의 엄마였다.

나를 가득 안고
햇살 아래 환하던
사진 속 엄마는

여름날의 장미였다.

/ 적단풍

창문 너머로 빨간 잎이 보인다. 초록의 나무들 사이에 서 있는 빨간 단풍나무다. 저 아이는 무엇일까. 돌연변이일까. 기상이변일까.

적단풍이라고 한다. 봄부터 붉은 잎이 나온다고 한다. 한 여름에도 뜨거운 커피를 후후 불어가며 마시던 선배가 말해 주었다.

적단풍이라니. 그런 나무가 있었다니. 그렇다면 지금까지 내가 보아왔던 단풍은 무엇이었을까. 적단풍이었던 걸까, 아닌 걸까? 그때 내가 보았던 그 나무는 원래부터 빨간 잎이었을까? 아님 가을을 맞아 바뀐 걸까?

내가 아는 것들은 어디까지가 참인 걸까?

내가 안다고 하는 것이 진짜 알고 있는 것일까?

내가 보고 믿어 온 것들은 언제까지 진리일 수 있을까?

/
문진

백신을 맞으러 갔는데 의사가 내게 물었다.

"긴장돼요?"

나는 그렇다고 솔직히 얘기했다. 은발의 의사는 다시 입을
열었다.

"긴장할 필요 없어요."

그 순간 굳었던 내 마음이 녹아내렸다. 그의 따뜻한 음성
과 부드러운 미소 때문이었는지도 모른다.

아주 당연하게도, 의학적으로 위험하지 않았기에 그는 그런 말을 했을 것이다. 나의 안색과 나의 문진표가 그 바탕이 되었을 것이다. 그러나 나는 머리가 아닌 마음의 위로를 받은 느낌이었다.

/
제자리

모든 것은 제자리를 찾기 마련이다. 갔던 것은 돌아온다. 쉽게 얻은 것은 쉽게 나간다. 봄은 돌고 돌아 다시 봄이 되고, 죽은 것들 위에서는 새로운 생명이 피어난다.

그래서 자신의 제자리를 아는 사람은 갈급하지 않다. 억지로 되는 일은 없음을 알기에 과욕을 부리지 않는다. 넘치는 것은 모자란 것만 못하다. 동쪽의 끝으로 가면 서쪽의 끝에 다다른다. 극단은 또 다른 극단을 낳는다. 극과 극은 결국 닿을 것이기에 균형은 슬기로운 사람의 자세이다.

'복권에 당첨되어 큰돈을 거머쥔 이가 곧 모든 것을 잃고 전보다 더 힘들게 살더라'와 같은 이야기를 들으면 사람과 돈의 제자리는 어디쯤인 건지 생각이 많아진다.

자신의 차리를 알고 그 자리에 감사하는 사람이고 싶다. 그리고 필요하다면 억지 대신 기지를 발휘하는 사람이었으면 한다. 저 자리가 제자리가 될 수 있게 말이다.

어느 날

내가 죽는 날에는
비가 내리지 않았으면

내리는 비가
내 눈물이라고
여겨지지 않았으면

그 어떤 일에도
내리 슬프기만 할 수는 없음을 알고
그들이 다시 화창한 삶을 살아냈으면

그저 하나의 이별이라고
죽음도 삶의 일부라고
그렇게 여겼으면.

잡초를 결정하는 건 인간이다.

인간에 의해 잡초와
잡초가 아닌 것으로 나뉜다.

사실 모든 풀과 꽃은
그냥 그 자체로 존재한다.

나와 당신이

존재 그 자체로

이미 빛나고 있는 것처럼.

/
기적

이게 다 너를 위한 거야, 라고 해 봐야 소용없다.
그런 건 말로 하는 게 아닐지도 모른다.
기다리다 지쳐 풀 죽은 너에게
이미 나는 너무 늦었는지 모른다.

너라는 존재.
나라는 욕망.

그리고
가족이라는 기적.

분명
너를 만난 건 기적이다.

오늘은 집에 들어가
가장 먼저 너를 꼭 안아줄 것이다.

/

카페

카페가 유난히 많다. 차 한 잔이 주는 위로와 온도와 여유, 이것을 필요로 하는 사람들이 그만큼 많다는 의미일까.

공간은 시대상을 보여준다. 유현준 건축가는 우리나라에 카페가 많은 이유를 야외의 벤치 개수로 설명한다. 뉴욕의 브로드웨이와 서울 신사동 가로수길을 비교하면, 각 거리의 벤치의 수가 큰 차이가 난다고 한다. 벤치는 곧 무료로 머물 수 있는 공간인데 이것이 없기 때문에 카페가 많다는 설명이다.

문제는 단순히 '앉을 곳'이 없는 데서 끝나지 않는다. 앉기 위해 카페에 갈 돈이 필요한데 카페마다 가격이 다르기에 각자의 상황에 맞는 곳을 방문하게 되고 결국 다양한 사람들이 모일 공간이 없어진다는 것이다. 함께 살아가야 할 사회에 대한 그의 고민이 묻어나는 부분이다.

그 이유가 어찌 되었든 우리는 많은 것이 부족한 사회에 살고 있다. 앉을 곳, 쉼과 휴식, 개인의 공간, 함께 할 기회가 부족한 것은 사실인 것 같다. 카페에서 시작한 이야기가 결국 여기까지 이르렀다. 아무래도 이 글의 제목은 '결핍'으로 해야 할듯 싶다.

/

이번 여름에는 얼굴을 좀 태워야겠다

지난여름에는 여름이 온 줄도 몰랐다. 어두운 방 안에서 마지못해 만난 여름은 달갑지 않았다. 깊은 패배감에 사로잡혀 마지못해 말했었다. 어쨌든 이 여름을 잘 나야겠다고.

언제나 그랬듯 그해에도 여름은 평소처럼 왔을 것이다. 다만 그것을 마주하는 내가 문제였을 것이다. 그랬다. 그때의 나는 마음이 힘들었다.

밖으로 향했는데 새로운 세상이 펼쳐질 때가 있다. 마법같이 가로수가 변해있거나 보이지 않던 것들이 보이는 때가 있다. 이것을 알고부터 자주 집을 나선다. 쇼핑, 드라이브가 아니어도 좋다. 대단한 외출이 아니어도 된다. 잠깐만, 아주 잠깐만 걸어도 된다.

그래서 나는 종종 밖으로 향한다. 나를 환기하고 싶어서. 계절의 변화를 느끼고 싶어서. 이 기분을 탈탈 털어버리고 싶어서. 내 삶을 사랑하고 싶어서.

누가 뭐래도 여름이다. 이 여름엔 더 자주 밖으로 향할 것이다. 햇볕에 좀 그을리더라도 그렇게 할 것이다. 얼굴을 태우며 이 계절을 마음껏 즐길 것이다.

/
시간

어 하다 보니 벌써 시월이다. 시간 참 빠르다는 상투적인 표현이 결국 입에서 나오고야 만다.

영원한 것은 없다. 특히 인간은 더욱 그렇다. 어딘가 끝이 정해진 삶이라는 시간 속을 우리는 산다. 그렇다면 정말 이 짧은 시간 속에서 우리는 어떤 삶을 살아야 할까?

부지런히 살아야 할까?
좀 게으르게 살아도 될까?

베풀며 살아야 할까?
더 쥐면서 살아야 할까?

사랑하며 살아야 할까?

미워하며 살아야 할까?

이러나저러나 시간은 흐른다고 하는데 우리는 어떻게 살아가야 할까.

/
비, 소식

갑자기 비가 쏟아져 늦을 거 같다고.

난 괜찮으니 천천히 오라고.
저녁은 좀 늦어져도 괜찮다고.

알겠다고.
잦아들길 기다리겠다고.
이런 천둥번개 참 오랜만이라고.

정말 그렇다고.
종일 꾸릉꾸릉하더니 기어이 비를 쏟고야만다고.

이제 비가 조금 잦아드는 거 같다고.

아니라고.
조금 더 있다 출발하라고.

괜찮다고.
이 정도 운전은 나도 할 수 있다고.

그럼 천천히,
아주 천천히 운전하라고.
밥은 늦어도 되니 운전 조심하라고.

알겠다고.
가는 길에 당신 좋아하는
막걸리 하나 사서 들어가겠다고.

알겠다고.
빗길 조심하라고.

/
바람

바람이 많은 날이었다. 고개를 돌려 창밖으로 불어대는 바람과 휘청이는 나뭇가지를 바라보았다. 한참을 바라보니 그 바람이 궁금해졌다. 한참을 더 망설이다 바람에 몸을 맡기기로 했다. 평소보다 일찍 퇴근해 작은 수변공원을 걸었다.

햇살의 따스함과 바람의 찬 기운이 동시에 느껴졌다. 내가 온화함과 냉철함을 모두 겸비한 사람을 만난 적이 있었던가. 길가에 작은 생명들이 쉴 새 없이 나부꼈다. 바람에 밀렸다 제자리 찾기를 반복하는 풀꽃을 보며 바람이 너무하다 생각했다. 바람 속에 있는 저 풀꽃의 마음이 어떠할까 생각했다. 마구 흔들리는 모습이 괴로운 것 같기도, 나름 즐기는 것 같기도 했다. 풀꽃이 나의 모습 같기도 했다.

생각의 흐름은 결국 다른 '바람'에 이르게 되었다. 내가 바라는 것을 떠올렸다. 우리가 바라는 것과 인간이 바라는 것에 대해 생각했다.

다시, 두 바람을 생각했다. 저기서 불어오는 바람과 우리가 원하는 바람. 그런데 이 둘은 단어의 모습뿐 아니라 어떤 특성들을 공유하고 있었다. 두 바람은 묘하게 닮아 있었다.

두 바람 모두 눈에 보이지 않았다. 공기의 흐름은 당연히 눈에 보이지 않고 우리의 욕망도 그러하다. 눈에 보였다면 우리는 여기서 조금 자유로웠을까. 한 곳에 있지 못한다는 공통점도 있었다. 공기는 끊임없이 이동하며 바람이라는 흐름을 만든다. 인간의 바람도 한 곳에 있지 않는다. 어제와 오늘의 욕망이 다르다. 본성과 욕망과 현실 사이에서 끊임없이 흔들리는 존재가 인간이겠지, 라고 생각했다.

그래서 그 속에 있는 것들은 모두 흔들린다. 흔들리지 않고 피는 꽃이 없듯이, 우리는 온갖 욕망과 바람 사이에서 흔들리고 괴로워한다. 바람이 없다면 풀꽃도 인간도 흔들리지 않겠지. 바람은 확실히 바람을 닮았네, 라고 생각하며 뒤를 돌아보았다.

지나온 길 위로 수많은 바람이 스쳐가고 있었다.

\-

땀 내지 않고 사는 것이 가능할까.

여름의 끈적지근한 살갗을 느끼지 않고
보송하게만 사는 것이 가능할까.

그늘 아래에서 숨만 쉬면 땀이 나지 않을지도 모른다.
땀이 날 일이 없으면 땀이 식을 일도 없을 것이다.

그런데 조금 무료할지도 모르겠다.

내가 바라는 건 아마도

적당히 땀 흘리며 사는 삶이다.

땡볕을 피할 수 있는 지혜와,

자신을 알고 그늘에서 잠시 쉬어가는 여유와 함께.

아침에 흘린 땀이 싫지 않다.
· 말라버린 땀방울이 또 하루를 살게 한다.

아직은 일해야 할 때라고, 아버지께서 말씀하신다.

/
지금

 내가 편하다고 하는 것은 누군가의 수고로움이다. 지금의
웃음도 풍요도 자유도 누군가의 노고다. 가족들과 저녁을
즐기는 우리는 분명 누군가에게 신세를 지고 있다.
 다 먹고살려고 그러는 것 아니겠어, 라고 말하는 혹자에게
도 두 손을 모은 당신에게도 지금은 참 감사한 일이다.

4
부

/
점쟁이

　영미권에서는 점쟁이를 포춘텔러(fortuneteller)라고 부른다. 현실이 불안하고 다가올 일들이 궁금한 것은 태어난 곳과 상관없이 인간이 지닌 본능인지도 모르겠다.

　그들을 찾는 이유는 운과 명이 궁금하기 때문이다. 미래를 알고 싶다지만 우리가 듣고 싶은 건 사실 불행보다 행운에 가까운 이야기이다. 그러니까 '잘 될 거야' 이 한마디를 기대하는 것이지 않을까.

　스스로를 점쟁이라 칭하던 어느 현자는 본인 일의 본질을 상담이라고 말했었다. 점을 치는 일과 상담하는 일이 내담자의 이야기를 듣고 더 좋은 방향을 고민한다는 공통점이 있다는 것을 그때에 비로소 알게 되었다.

최근 한 에스엔에스 이웃으로부터 다음과 같은 문장을 전해 받은 적이 있다.

"가장 아름다운 점쟁이는 희망을 놓지 않게 하는 이다."

다가올 일을 알려 주기 이전에, 힘듦 속에서도 앞으로 잘 될 가능성을 제시해주고 함께 고민해 주는 일이 그들의 일이 아닐까 생각해본다.

혼자 힘으로

옷장을 비집고 나온

오래된 등산 가방 하나

자주 놀러가자는 약속 하나

그러지 못한 미안함 하나

/
선물

작지 않은 선물을 받았습니다.

선물은 거의 언제나 좋지만 더 기쁜 사실은
제가 어느 때 당신에게 선물을 건넸었다는 사실,
저는 벌써 잊었지만 그 사실이
당신 안에 기억되고 있다는 사실입니다.

아 사실은,
그 사실보다
더 중요한 사실은

수억의 사실과 사실 사이에서

제가 당신에게 오랜 동안

기억될지도 모른다는 사실입니다.

/
햇살

햇살을 받는 데 그리 많은 것이 필요치 않다. 그저 밖으로 향하면 된다. 아무 데나 앉아 멍하니 햇살을 맞으면 된다. 따뜻하고 검은 커피가 있어도 좋고 없어도 좋다. 안락한 의자여도 좋고 공원 벤치여도 좋다.

아무것도 필요하지 않다. 햇살은 언제나 어디서나 누구에게나 공평하다. 이를 바라볼 약간의 여유가 있다면 말이다.

푸른 잎

여물지 못한 은행잎이
홀로 몸서리친다.

다들 익어 떨어질 때
남들 다 떠난 그 자리에서
홀로 바람에 푸르게 나부낀다.

가을로 낱낱이 뒤덮인 세상 한 편
아직 여물지 못한 청춘은 있다.

/

남겨진 것들

 다 컸다 생각할 때가 있다. 하지만 부모님만 오시면 게으름 투성이 아들일 뿐이다. 아직 정리되지 않은 겨울옷, 바닥에 굴러다니는 머리카락, 깎을 때가 한참 지난 손톱이 그제야 눈에 들어온다.

 아직 부모님 도움을 받는다는 사실이 부끄럽다. 그래도 어쩌랴. 그들은 주는 데 익숙하고 우리는 받는 데 익숙하다. 철부지 어린 자식을 바라보는 부모는 아직 흐뭇할지 모른다. '환갑을 막 넘긴 아들이 아흔의 부모 앞에서 재롱을 피우더라'는 얘기를 들은 적이 있다. 어쩌면 양손 가득 반찬을 들고 와서 양손 가득 쓰레기만 지고 가는 엄마 앞에서 난, 평생 철부지다.

주말에 다녀간 그들의 빈자리가 허전하다. 냉장고에 차곡차곡 쌓인 엄마의 김치가, 거실 한 켠 아빠가 읽다 만 신문이 그 자리에 남아 온기를 품고 있다.

부엌에도 화장실에도 깨끗한 우리 신혼집 거실에도, 그들의 흔적이 역력하다. 그들은 사랑을 남겨놓고 떠나갔다.

/

내가 할 수 있는 게 아무것도 없을 때

내 삶이 우선이었다. 남이 아픈 것보다 내가 아프지 않은 게 먼저였다. 내가 먼저 살아야 남도 도울 수 있는 거라고 변명했다. 내 일과 내 감정을 먼저 돌보았다. 아직까지 난 변하지 않았다고 말할 수 없지 않다.

남을 돌보지 않을지언정 남을 탓하지 않았다. 모든 일의 시작도 나, 끝도 나였다. 내 삶의 모든 부분을 스스로 바꿀 수 있다 생각했고, 바꾸지 못해도 괜찮다 생각했다. 바꿀 수 있으면 감사할 수 있었고, 바꾸지 못하면 자족할 수 있었다.

내가 책임질 수 있는 일들만 일어났다. 행동할 수 있었다. 포기할 수도 있었다. 이도 저도 안되면 합리화할 수 있었다. 그러니까 나는 내 삶에 대해 할 수 있는 게 많았다.

그러다 내가 할 수 있는 게 별로 없는 날과 마주했다.

아픈 이유도 모르고 아픈 당신에게 위로의 말 밖에 줄 수 없을 때. 당신을 지켜만 봐야 할 때. 위로의 말조차 미안할 때. 그 마저도 건네지 못할 때. 당신이 아프다는 사실 자체가 싫어 너도 나도 싫어질 때. 무력감마저 느낄 수 없을 때.

어쩔 도리가 없는 일 앞에서 눈물 흘리는 사람들을 보았을 때. 안타까움이라는 단어로 표현되지 않는 억울함에 매몰된 한숨을 보았을 때. 아무 대답이 없는 하늘을 보았을 때.

그렇게 누군가는 슬퍼야만 한다는 사실을 알았을 때. 따뜻한 햇살에 누군가 말라가고 있을 때. 신에게 두 손을 모을 수밖에 없을 때.

고작 나라는 사람 하나, 그 하나의 삶의 범위를 벗어나자 드러나는 어찌할 도리가 없는 수많은 것들. 그리하여 내가 할 수 있는 게 아무것도 없음을 깨달을 때가 있다.

　오로지 나만 우선시하지 않게 된 건 다행이지만, 내가 할 수 없는 일들이 있다는 사실을 깨달은 건 전혀 반갑지 않다.

/

축 결혼

어떤 이는 비 오는 날에 결혼하면 잘 산다고 말한다. 다른 이는 눈 오는 날에 결혼하면 부자가 된다고 말한다. 또 누군가는 말한다. 맑은 날에 결혼한 부부는 당연히 잘 살아갈 거라고.

누가 진실을 말하고 있는 것일까. 그런 것에 진실이라는 게 있는 것일까. 혹시 날이 맑건 흐리건 그런 거 상관없이, 두 사람이 잘 살았으면 하는 누군가의 무수한 바람은 아닐까.

이유 없이 너를 안아주고 싶은 날.

사실은 그냥 네게 안기고 싶은 날.

.

유모차와 어르신

　언제부터인가 유모차는 동네 어르신들의 필수품이 되었다. 처음에는 그 모습이 낯설었다. 유모차는 당연히 젖먹이를 위한 이동수단이 아니던가. 아직 어리광을 피우는 다섯 살배기가 유모차에 제 몸을 구겨 넣는 모습까지가 내가 상상할 수 있는 유모차의 마지막 용도였다.

　유모차에 의지해 횡단보도를 건너는 은빛 청춘을, 운전자의 입장에서 응시할 수밖에 없는 상황을 만나서야 나는 그 용도를 다시 보게 되었다. 바퀴와 손잡이는 어르신의 이동을 신중하게 보조하고 있었다. 앞쪽의 작은 바구니는 살짝 입을 벌려 대파를 보이고 있었다. 유모차는 훌륭한 지팡이인 동시에 장바구니 역할을 하고 있었다.

여행 중 마주친 어느 시골마을의 어르신도 유모차를 앞세워 걷고 계셨다. 달달거리는 바퀴소리 밖에 들리지 않는 한적한 곳에서 할머니는 작은 보폭으로 걸음을 옮기셨다. 그 모습에서 아기의 걸음마를 떠올렸다.

한 친구가 내게 이렇게 물은 적이 있다.

"있잖아. 아이들이 왜 할머니 할아버지랑 친한지 알아?"

머뭇거리는 내게 그는 이렇게 말해주었다.

"우리 사람은 흙에서 나와 흙으로 돌아가는 존재란 말야. 그런데 아이들은 이제 막 흙에서 나왔고, 노인들은 이제 곧 흙으로 돌아갈 거잖아. 모두 흙에 가까운 존재이기에 서로에게 끌리는 거지."

이야기의 진위 여부를 떠나 꽤 그럴듯한 얘기에 감탄했던 기억이 있다. 그러나 아직 내 주변에는 유모차를 필요로 하는 이가 없다. 나와 내 주변엔 흙에서 멀어진 사람뿐이다.

그래도 언젠가는 누군가에게 유모차를 선물하는 날이 올 것이다. 막 흙에서 나온 이를 위한 것도 좋고 곧 흙으로 돌아갈 이를 위한 것도 좋다. 그 걸음에 보탬이 될 수 있다면.

그리고 내가 유모차를 사용하는 날, 내가 흙에 가까워지는 날 역시 올 것이다. 아마 그럴 것이다. 그래서 궁금하다. 그 날의 나는 의지할 바퀴가 있음에 얼마나 감사할 수 있을지 말이다.

/

지혜

세상에는 두 가지 일이 있다.
어쩔 수 있는 일과
어쩔 수 없는 일.

어쩔 수 있는 일이
어쩔 수 없는 일보다
비교적 많다고 믿는다.

그래도 어쩔 수 없는 일은 있다.
하지만 불평해 보아야 소용이 없다.
왜냐하면 어쩔 수 없는 일이기 때문이다.

어쩔 수 없는 일에 집중하면
어쩔 수 있는 일을 놓치게 된다.
결국 어쩔 도리가 없는 인생이 되어버릴지 모른다.

비가 내리는 것은 어쩔 수 없다.
어서 널어놓은 빨래를 걷어야 한다.

늦게 일어난 사실은 바뀌지 않는다.
불평할 시간에 서둘러 준비하고
집을 나서야 한다.

어쩔 수 있는 일에 집중하기.

삶이 힘들수록
나와 당신에게 더욱
필요한 지혜일지 모른다.

/

고백

너를 알고 나서야 신을 믿게 되었다.
그렇지 않고는 설명이 되지 않았기에.

—

아침 알람에 웬일인지
벌떡 일어났던 날.

하루 종일 울리는 수많은 알림을

어느 하나도 놓치지 않았던

모든 것이 완벽했던 날.

자정이 넘어 집에 돌아와서야
지나버린 당신의 생일 알림을 보았던

그렇게 완벽했던 날.

그랬으면 좋겠습니다

누군가 그럽니다. 노력하면 반드시 된다고. 진심은 언젠가 통한다고. 그러나 꼭 그렇지만은 않습니다. 언제나 예외는 있습니다. 사실 세상일은 알 수 없습니다.

하지만 그랬으면 좋겠습니다. 우리가 사는 세상만큼은, 적어도 우리가 사는 동안은, 그랬으면 좋겠습니다.

노력, 진심, 사랑, 정의, 평화와 같은 것들…. 이런 것들이 꼭 빛났으면 좋겠습니다.

/
너라는 계절

   너에게도 그럴 만한 사정이 있었을 거야. 그렇게 생각하고 행동할 수밖에 없었던 이유가. 너를 이해하려 노력해볼게. 이해가 되지 않으면 그냥 인정해볼게.

   자신을 너무 탓하지는 마. 난 그렇게 믿어. 잘못된 상황에 네가 있을 뿐, 네 존재가 잘못된 건 아니라고.

   힘내! 언제나 응원할게. 이 세상 유일한 너라는 계절을.

/

만남

누군가를 만나고 그 누군가를 삶에 들이기 점점 망설여진
다. 그 사람과의 관계를 유지할 걱정에 지레 겁부터 난다.

타인을 만나는 일은 내게 그 자체로 많은 에너지를 필요로
한다. 눈을 맞추고 온 신경을 집중해 상대를 바라본다. 상대
가 하는 말을 최대한 집중해 듣고, 적당한 맞장구와 질문을
통해 대화를 이어나간다. 듣기만 할 수 없으니 나도 어떤 이
야깃거리를 주어야 한다. 힘들다고 우리 사이에 침묵이 흐
르도록 놓아둘 수 없다. 여기서 끝이 아니다. 그 사람이 잘
지내고 있는지 철마다 안부를 묻는다. 안부 인사는 틀에 박
히면 아니 되기에 평소 자주 연락을 주고받는다. 관계는 지
속하는 데 의미가 있으니.

사람을 만나는 일을 '관계 맺기'와 '관계 유지'로 나누어 본다면 나는 후자가 더 버겁게 느껴진다. 지금 옆에 있는 사람, 이런저런 이유로 매일 보게 되는 사람을 챙기는 건 비교적 쉽다. 그들에게 난 좋은 사람일 자신이 있다. 그러나 멀어지면 솔직히 자신이 없다.

그렇게 누군가와 멀어지면 새롭게 내 옆에 있게 되는 사람들. 나는 이 사람들과 다시 관계 맺기를 시작한다.

난 마당발도 아니지만 지금 내 주변 관계만 유지하기에도 벅차다. 내 친화량, 관계 지구력이 부족해 숨이 차다. 그래서 누군가와 급격히 친해지면 조금은 겁이 난다.

수많은 관계를 잘 유지시키는 사람을 보면 부럽고 신기하다. 그들은 사람을 잘 기억하고 떠올리고, 만나는 사람의 사소한 것까지 잘 기억한다. 반면 나는 몇 년 전 내 가족의 일조차 기억하기 힘들다. 매 술자리마다 한 명 이상의 새로운 사람을 만나는 것을 목표로 한다던 어느 선배의 열정과 편하게 농담을 건네주는 단골집 아주머니의 부드러운 입담이 부러울 뿐이다.

새로운 사람을 만난다는 건 쉽지 않은 일이다. 설레기도 두렵기도 한 일이다. 새로운 사람을 만나는 일은 새로운 세계를 만나는 일이기에. 그 사람의 세계로 인해 나의 세계가 흔들릴 생각만 하면 두렵다.

최근 이 두려움이 더 커진 건 나이가 들어서일까. 아님 나를 있는 그대로 인정해서일까. 그래도 가끔은 내 삶에 들이고 싶은 이가 있다는 건 내가 이기적이라는 증거일까.

당연한데 쉽게 받아들여지지 않는 것.

빨리 올라가면 빨리 내려온다는 것.

금방 얻은 것은 금방 잃게 된다.

높은 산은 계곡이 깊다.

이를 떠올리면 우리가 조급할 이유는
단 하나도 없을 것이다.

/

혼자 마시는 커피가 사치인 것 같아서

 카페 앞에서 한참을 망설였다. 들어갈까, 아니면 저 나무 벤치에서 쉬었다 갈까.

 결국 카페 안으로 향했다. 이 낯선 곳에서 아침부터 혼자 여유롭게 마시는 커피는 아무래도 사치인 것 같았다. 하지만 오늘은 사치를 조금 부려보기로 했다. 차가워진 두 뺨을 녹이며 저 바다를 조금 더 바라보고 싶었다.

 따뜻하고 달달한 커피가 나왔다. 아무도 없었지만 제일 구석 자리에 앉았다. 감사하게도 사장님은 친절했고 커피는 너무 달지 않았다. 생각보다 좋은 선택이었다.

 십여 분 간격으로 다른 손님들이 들어왔다. 둘이서 또는

셋이서 왔다. 곧 실내가 적당히 소란스러워졌다. 하루 장사에서 첫 손님이 중요하다는데 그 첫 손님이 역할을 잘한 것 같다.

다음 일정을 위해 쟁반과 머그를 반납했다. 커피가 남았지만 아깝지 않았다.

/

삶

모든 일에는 다 이유가 있다고 하죠. 기쁜 일은 당신 삶의
아름다움을 일깨워주기 위함이고, 나쁜 일은 더욱 커다란
일에 당신을 대비하도록 하기 위함이라고 합니다.

그러니 삶은 아름답다는 그 말을 한번 믿어보는 것도 아주
손해 보는 일은 아닐지 모릅니다.

끝
인
사

/
자리에 누워

다가오는 날이 지나 버린 날보다 나을 거라고
그렇게 말해봅니다.

너라는 위안

초판 1쇄 발행 2021년 12월 29일

지은이 서민재
펴낸곳 한평서재
출판등록 2020년 2월 20일 제352-2020-000004호
전자우편 spc4seo@gmail.com
인스타그램 @one_room_books

ⓒ 서민재, 2021
ISBN 979-11-970622-6-1